AF362791

LE PAPE

ET

LES VOLEURS

PAR

H. DE LATOUCHE.

I.

— Enfin nous voilà mariés! s'écria le riche fermier Otto, en s'élançant du péristyle Sainte-Marie-Majeure dans la caratella qui devait l'emporter lui et sa jeune épouse.

Il s'agissait de gagner la vigne d'Egli Olivetti, située à quelques minutes de Rome. C'était là que devait se célébrer le repas des noces.

— Vous êtes toute à moi, Agnetta! s'écria l'époux, en passant assez grossièrement son bras autour de la taille de la jeune fille, dès qu'il fut installé dans la frêle voiture que conduisait un cocher placé derrière, comme le sont en France nos laquais. Les longues rênes passaient par dessus la capote de cuir : un fouet immense, voltigeant devant les yeux du couple assis fort à l'étroit, allait réveiller l'ardeur de certaine rosse qu'on eût eu grand'peine à reconnaître pour un barbe autrefois vainqueur dans cet espace qui s'étend, dans le Corso, de la porte du Peuple au palais de Venise.

— A moi seul au monde vos rondes joues, vos yeux noirs, et toute votre personne, acheva Otto avec un rire de satisfaction niaise et fanfaronne.

Agnès poussa un léger soupir.

— Ils nous suivent, les autres, n'est-ce pas? ajouta nonchalamment Otto. Ils viennent par derrière : qui en carrosse, qui à cheval. Le cardinal dans sa litière et **M.** Pasteca en chaise à porteurs. Savez-vous que je croyais bien que ce serait votre oncle lui-même qui nous conférerait le sacrement et dirait la messe du mariage?

— Mon oncle! fit Agnetta avec un sentiment de pudeur et de modestie choquée. N'est-il pas déjà assez bon pour nous? Il a voulu se charger des noces, c'est à sa vigne que se rendent les convives, et lui-même viendra tantôt faire les honneurs du festin. Mais pouvait-il déroger à sa dignité en faveur de petits particuliers comme nous? consentir, comme un simple prêtre, à nous assister à l'autel? Est-ce qu'un pape dit communément la messe, monsieur? D'ailleurs, il avait ce matin autre chose à faire; n'est-ce pas aujourd'hui qu'il lui a fallu donner audience aux ambassadeurs d'un roi de France appelé, je crois, Henri IV?

— Oui, oui, Sa Sainteté n'est pas fière, reprit le fermier. Ce que je dis là, ce n'est pas pour lui reprocher sa morgue. Il a bien donné une preuve de son bon naturel, en m'accordant la préférence à moi, pour en faire son neveu, sur les marquis, ducs et même princes romains, qui se disputaient l'honneur de lui appartenir en épousant sa petite Agnès. Il est vrai qu'il sait bien que mon père ne m'a pas laissé sans ressources; que je possède quelques métairies, des bois, des fermes, de bonnes rizières, et plus d'un troupeau de buffles dans les Marais-Pontins. Il sait bien aussi que je n'étais pas indifférent à Mlle Perretti, n'est-ce pas? et que c'était combler ton bonheur, sournoise, que de te donner un mari comme nous.

Agnès ne répondit point.

— Qu'avez-vous donc, madame, à regarder souvent du côté des montagnes? dit Otto. On dirait que vous n'écoutez pas ce que je vous dis. Vous devinez bien cependant ce qui me donne un peu d'humeur contre le cher oncle.

— Nullement, dit la jeune femme.

—Eh! mon Dieu, c'est sa fantaisie de nous attirer dans sa petite villa, sa chère vigne d'egli Olivetti, plutôt que de nous laisser gagner tout de suite Roncano, notre résidence à nous, ma maison à moi, la vôtre, Agnetta. Il me semble que là vous serez plus à moi, plus complétement ma femme. Mais j'espère bien qu'on ne nous retiendra à banqueter que jusqu'à vingt-deux ou vingt-trois heures après l'*Ave Maria*; et que nous pourrons encore, au clair de la lune, regagner tantôt le toit conjugal. C'est là que le bonheur commencera, mon cher paradis, ma vierge bien aimée!

Agnès regardait quelquefois, en effet, vers les hauteurs qui couronnent l'Anio. Nous ne savons ce qui attirait là presque instinctivement ses regards, mais nous savons seulement qu'elle ne l'aurait pas dit : soit qu'elle l'ignorât peut-être elle-même, soit qu'elle fût avertie de la nécessité de cette discrétion.

Otto n'avait rien remarqué durant la route, si ce n'est un contadin cheminant sur une mule le long des versans du coteau prochain, et escortant la marche du convoi nuptial sur une ligne à peu près parallèle à la route que celui-ci suivait dans la vallée. Ce paysan n'avait qu'une selle fort élevée, un chapeau pointu et une plume de coq. Rien ne paraissait devoir attirer l'attention, exciter en lui l'intérêt; aussi le marié ne s'expliqua-t-il pas l'émotion de sa femme, sa rougeur, et un petit cri qu'elle retint à peine lorsqu'à un gué qu'il fallut franchir, se rencontrèrent tout à coup la caratella et le cavalier.

L voyageur fut fort poli; il ôta obséquieusement son chapeau pointu, qui laissa entrevoir une figure résolue et de beaux cheveux noirs; puis, tirant brusquement à gauche, il augura une bonne nuit au couple nouvellement marié : *Felicissima notte, signor!*

— Elle sera heureuse sans tes bons souhaits, dit à demi-voix le riche fermier. — N'est-ce pas, ma mignonne?

Enfin, on arriva à la villa papale. C'était un modeste enclos, mais plein de bon goût, et pourvu artistement de tout ce qui compose le bien-être. Agnès alla se promener de la fontaine au verger, et du verger au vaste quinconce des pins en parasol, en attendant l'arrivée de l'oncle qui lui avait servi de père et l'avait fait élever dans une retraite noble et modeste. Elle était pleine de reconnaissance pour lui. Les mauvaises langues disaient bien que le pape était un peu plus que son oncle ; mais dans quel pays croit-on les mauvaises langues ?

Dès que Sa Sainteté fut descendue de litière, on se mit à table ; et, si nous exceptons de toute cette société la timide épousée, que la solennité de son état nouveau rendait sans doute pensive et inquiète, tout le monde entra en belle humeur. Le cardinal de Médicis eut bientôt la trogne aussi rouge que son chapeau, et recommença les habituelles flatteries qui avaient fait sa fortune auprès du pape, qui aimait à se souvenir, dans un juste sentiment d'orgueil, d'où il était parti pour ceindre la triple couronne.

— Mais, disait Son Eminence, votre famille, saint père, est d'origine noble. Forcée de quitter la Dalmatie, envahie par Amurat II, elle vint s'établir dans la Marche d'Ancône et habiter le riche château de Montalte.

— Cela peut être, dit le successeur de Saint-Pierre ; mais je ne me rappelle, moi, que du pauvre village des Grottes, au bord de la mer Adriatique ; et les plus belles matinées de mon enfance se passaient à jeter des pierres dans les châtaigniers, pour en faire tomber les fruits épineux que mon troupeau me disputait. Car, Eminence, c'était, sauf votre respect, des pourceaux que gardait le futur pape, et ces pourceaux n'étaient pas même à mon père. Il avait été complétement ruiné.

Ne t'étonne donc pas, ma petite Agnès, ajoute-t-il, si j'ai préféré pour ton époux un bon et honnête cultivateur à tous les freluquets de noblesse qui se sont offerts à m'épouser dans ta personne, dès que j'ai pu disposer des places et des honneurs de la cour romaine.

— Mais, dit le cardinal de Médicis, le frère Félix, une fois novice aux Cordeliers, fut bientôt remarqué parmi ses confrères par sa haute intelligence, sa finesse et son instruction. Il a occupé avec honneur les plus éloquentes chaires d'Italie, et excité une jalousie si hostilement honorable de la part du sénat de Venise, qu'il fut obligé d'opérer de cette ville une fuite un peu précipitée.

— Parbleu, dit le saint père, je ne crus pas devoir me faire pendre à Venise, puisque j'avais fait vœu d'être pape à Rome.

— Et vous aviez à suivre une série non interrompue d'honneurs insignes. Coadjuteur de don Compagno, légat en Espagne, puis fait cardinal par Pie V, vous sûtes triompher de bien des obstacles !

— L'animal le plus féroce que j'aie vaincu, dit le pape, ce fut mon amour-propre, vois-tu. Qu'il m'a donné de peine à dompter ! J'étais né avec une humeur aigre et sévère, le caractère le plus incommode, et si je parvins à me faire doux, honnête et complaisant, ce fut la disgrâce où je tombai sous Grégoire XIII qui servit le plus à mes vues secrètement ambitieuses. On me vit tout à coup m'éloigner du tourbillon du monde, moi qui avais été confesseur de la défunte Sainteté, et me confiner dans la retraite, en annonçant que je ne voulais désormais travailler qu'à mon salut.

— Ce fut alors, mon digne oncle, dit Otto, que vous parûtes succomber sous le poids des années et des infirmités. Votre Sainteté ne paraissait plus en public qu'appuyée sur un bâton, la tête penchée sur les épaules. Vous ne parliez que d'une voix entrecoupée avec une toux qui semblait à chaque minute vous menacer de votre fin. Je me souviens que c'est ainsi que je vous vis la première fois que vous vous fîtes conduire à Roncano, près du couvent où était élevée votre nièce. Je crus alors que vous aviez cent ans , et que vous ne passeriez pas les prochaines vendanges.

— A ta santé! mon beau neveu , dit le pape en élevant un immense gobelet de vermeil tout pétillant de vin de Montefiascone. Et puisse la vertu ne te pas plus manquer qu'à moi!

— Quand il s'est agi de donner un successeur à Grégoire XIII, il fallait vous voir, dit le cardinal de Médicis, redoubler tous les signes d'une caducité complète. Si l'on vous faisait entrevoir que l'élection pouvait vous regarder, oh! vous rejetiez la proposition avec des termes propres à confirmer l'idée que votre état donnait de votre mort prochaine et de l'impossibilité où vous seriez de vaquer par vous-même aux affaires.

— Il n'en fallut pas davantage, poursuivit le pape, pour réunir en ma faveur toutes les factions qui divisaient le conclave, dans l'espoir qu'un pontificat faible et de peu de durée laisserait à chacune d'elles le temps et leur fournirait les moyens de se mieux concerter pour parvenir plus sûrement à leur but. Je fus élu sans contradiction.

— Et je n'oublierai jamais, dit Jean de Médicis, la stupéfaction profonde et la risible déconvenue de tous nos confrères, lorsque les suffrages à peine recueillis et constatés, vous sortîtes des bancs, jetâtes votre bâton, relevâtes une tête pleine de domination, de volonté énergique, et entonnâtes le *Te Deum* avec une voix qui aurait fait honneur à la première basse-taille de la chapelle qui devait un jour porter le nom de Sixtine.

— Le peuple, dit le ci-devant gardeur de pourceaux , ne voulait pas reconnaître dans l'homme qui lui distribuait ses bénédictions avec quelque grâce et quelque assurance, le vieillard qu'il plaignait encore la veille, affaissé sous le poids d'un corps maladif.

— Omodeï ne vous fit pas, je crois, son compliment, saint-père, sur cet heureux changement?

— N'en soyez par surpris, mon fils, lui dis-je. Je cherchais hier les clés du paradis, et pour les mieux trouver, je me courbais ; je baissais la tête. Depuis que je les ai trouvées, je ne regarde plus que le ciel, n'ayant plus besoin des choses de la terre.

— Et que de belles entreprises vous aurez poursuivies! ajouta Médicis, à qui la bonne chair déliait de plus en plus la langue. Les marais de Terracine assainis sur les plans de Léon X. la coupole de Saint-Pierre, dessinée par Michel-Ange et exécutée par Bruncleschi !

— Trève à la louange, interrompit le ci-devant cardinal de Montalte. Occupons-nous de ces jeunes gens dont nous venons consacrer le bonheur. Enfans, vous passerez la première nuit de miel sous mon toit.

— Mais, cher oncle, objecta le fermier, si....

— Mais, Sainteté poursuivit le flatteur, cet obélisque que Caligula avait fait transporter d'Egypte et que Jules II ne put faire mouvoir...

— Permettez-nous d'aborder ce soir même à Roncano, cher oncle : il n'y a pas si loin de cette maison à la nôtre ; et il n'est point si petit chez soi qui ne soit préférable à l'hospitalité d'un monarque.

— Le premier, n'avez-vous pas triomphé de toutes les résistances humaines par votre seul mérite, mon digne chef ?

— Adrien VI et Nicolas V étaient nés plus obscurs encore que moi, dit le pape ; et Jean XXII, qui a ajouté un troisième cercle à la tiare, était fils d'un raccommodeur de souliers à Cahors.

— Nous gênerions Votre Sainteté en acceptant cet asile provisoire dans votre maison bénite.

— Votre félicité lui portera bonheur, au contraire.

— Et les bandits donc, reprit Médicis ; ce sont vos sages lois et l'habileté de votre police qui ont débarrassé la campagne de Rome.

— Il y en a encore quelques uns, répondit le pape, à voix humble.

— Vous avez dompté Sciarra et réprimé à jamais cette race de voleurs qui formaient une association organisée. Par elle, on traitait jadis, suivant certaines conventions, pour faire assassiner, ou du moins enlever et mettre en rançon un ennemi, dévaster le champ d'un rival et désoler toutes nos villas.

— Le temps fera le reste de cette besogne, toujours difficile, soupira le pape. Mais, mes chers neveux, ne pensez pas ce soir à regagner votre ferme. Il n'y a pas moins de trois milles à parcourir, et des bois assez épais à traverser.

— Belle chose que tout cela ! dit Otto ; laissez-nous partir. Je ne serai bien que sur mon propre terrain ; et ma pauvre mère , paralytique, qui n'a pu assister ni ce matin à la messe , ni tantôt à l'honneur du repas que vous avez bien voulu nous donner, saint père , ne me pardonnerait pas de manquer à lui faire donner sa bénédiction à sa bru , avant qu'Agnès prît toutes les qualités qui la lieront inviolablement à notre famille.

— Eh bien ! entêté, dit le pape, que ne te prives-tu, pour vingt-quatre heures encore de tous les avantages que t'a donnés ce matin l'Eglise ? Il y a des sacrifices qui sont agréables à Dieu. Qui t'empêche de concilier tout ce caprice de possesseur avec la sécurité de ta femme, qu'il ne faut point exposer dans les champs au milieu de la nuit ?

— Sacrifice impossible ! dit Otto avec fatuité. Mon confesseur m'a remis toutes mes fautes, et je me sens dans un état de grâce à ne rien différer.

— Adieu donc, ma petite Agnès, dit l'oncle débonnaire en pressant l'enfant sur son cœur. Il est dit dans les saintes Ecritures, vois-tu, que l'épouse doit quitter la famille pour suivre l'époux. Je te donne ma bénédiction suprême. Tu ne me reprocheras jamais, ma fille , de t'avoir unie à ce brave fermier ; il est plein d'ardeur pour toi, et d'innocence. C'est un homme de bonne volonté. Soyez heureux ; multipliez, mes enfans. J'aurais pu faire de toi une marquise de Torricelli, mais tu serais morte sans postérité, ma fille. Que regretterais-tu aujourd'hui ? Est-ce le prince de Miraflor, qui voulait être colonel de mes gardes ? Il t'aurait donné pour rivale sa macaque. D'ailleurs , tu n'as pas les goûts aristocratiques, toi. Ce ne peut pas être même ton ci-devant compagnon d'enfance, Pasquale Bartolomeo, car si celui-là était de ton village et avait témoigné de l'ambition jusqu'à seize ans, il a fait une mauvaise fin. On ne sait même, à cette heure-ci, ce qu'il est devenu, le misérable.

Agnès baissa la tête.

— Ne détourne pas tes yeux, mon enfant, ajouta le pape ; je ne dis pas cela pour t'affliger. Prie donc plutôt pour le salut de son âme, à Bartolomeo. Si jamais, quelque méchant hasard, que je ne souhaite pas, le fait tomber dans les mains de notre justice, je n'oublierai point qu'il t'a sauvé la vie. Ne t'a-t-il pas retirée un beau soir du Taverone, où tu t'étais laissée choir en cueillant des marguerites ?

Agnès pleura.

— Adieu, enfans. Eh! bien, on n'amène qu'une seule mule pour deux ? Est-ce que tu veux emporter ta femme en croupe, Otto ?

— Certainement, Votre Sainteté, dit l'amoureux fermier. Nous pourrons ainsi traverser les montagnes et abréger d'une heure le trajet. J'ai déjà envoyé mon monde par la grande route avec les sedioles, dimanche prochain nous irons vous rendre visite au Vatican.

Mais le pape s'obtina à vouloir que le couple fût escorté. Il fit monter sur-le-champ à cheval deux de ses cameriers armés d'escopettes, pour servir d'arrière-garde à sa chère nièce, et il les lança sur ses traces avec le plus de promptitude qu'il pût mettre à faire exécuter son ordre.

Alors, il rentra se coucher pacifiquement dans sa petite maison d'egli Olivetti. Il la préférait à toutes les villas pontificales , sans en excepter Albano, Lariccia , ni même Castel-Gandalphe.

Il se retraça alors , non sans une vague inquiétude, l'air attristé d'A-
gnès; il crut voir plus de résignation que de contentement dans le main-
tien de l'épouse si brusquement enlevée; mais il connaissait assez les
femmes pour espérer que cette mélancolie ne serait que transitoire.

Une demi-heure après, comme il allait entrer dans le lit, — et la lon-
gueur du festin en avait fait un besoin à presque tous les convives, particulièrement au cardinal de Médicis, on vint dire au pape qu'on avait entendu deux coups de feu dans la direction des montagnes que les mariés
avaient suivie.

— Ce qui prouve, répondit l'infaillible pontife, que j'ai bien fait de
faire escorter la mule par mes domestiques. Ce sont mes deux estafiers.
armés, qui éclairent la route. Ils sont plus honnêtes et plus braves que
tous les sbires !

Et il ferma les yeux jusqu'à l'aurore , qui se leva assez paresseuse-
ment ce jour-là. C'était le 22 septembre de l'année de grâce 1586.

II.

Aux premiers rayons du matin , un homme était assis sur le thym un
peu mouillé et les myrtes nains et fleuris qui couvrent les rochers de
Fossombrone. Il voyait au loin la silhouette de Rome se decouper dans
l'azur un peu trop foncé du ciel, et jamais la ville éternelle ne lui avait
semblé si majestueuse. Jamais la lumière violacée du côté de l'Orient
n'avait eu de reflet si doux pour lui; jamais l'air n'était entré si pur
dans sa poitrine qui s'agrandissait.—Pourquoi?

Il était seul dans ce désert écarté et sauvage à goûter cette ineffable
satisfaction. Je dis seul , dans son bonheur; car plus d'un compagnon
partageait sa retraite et sa vie périlleuse. Les uns , surpris par le sommeil au milieu d'une veillée bachique, étaient étendus sur le roc nu dans
des poses à tenter le crayon de Salvator; les autres avaient déjà une
jambe passée dans le précipice, et l'aurore versait complaisamment ses
teintes de rose et de feu sur le désordre du camp improvisé.

Bartolomeo, assis, légèrement pâle et le sourire sur les lèvres; des
cris sourds sortant par intervalle d'une grotte qu'un rocher gigantes-
que fermait sur un prisonnier , les mouvemens de tête d'une védette
posée sur le point culminant de ces crêtes de granit , et enfin quelques
sanglots étouffés sous le coutil d'une tente recueillie à l'écart à l'abri
d'un chêne vert, composaient tous les signes d'existence qui se manifes-
taient à cette heure sur ces rochers.

Bartolomeo rentra bientôt sous l'abri de toile qui protégeait une captive éplorée , et , prenant à ses côtés une place humble , une expression
de tendresse profonde , puis dans ses deux mains nerveuses et un peu
velues la plus frêle et la plus blanche des mains de nonnette :

— Agnès, dit-il, pourquoi mon bonheur vous afflige-t-il?

— Hélas ! je ne pourrai plus vous aimer, dit la jeune fille. Votre souvenir est changé pour moi en un remords. Je vous voyais dans mes
songes sous la forme de l'ange Gabriel; vous ne vous y représenterez
plus que comme un loup dévorant. Oh! pourquoi ne m'avez-vous pas
laissée dans le Taverone, quand il était débordé par les neiges ?

— Vous m'appartenez devant Dieu, dit l'ancien compagnon de son enfance : les hommes n'ont pas droit de désunir les pauvres âmes qui se
sont cherchées dès le berceau. Je reprends mon bien avec plus de justice
que les hommes n'en ont eu à me dépouiller de l'héritage de mon père;
et Otto, qui fait moissonner maintenant à son profit le champ que
j'ai labouré dès que j'en ai eu la force, est plus injustement spoliateur
que moi. Si les riches et les usuriers ont lâchement volé le pauvre, s'ils
l'ont jeté entre les angoisses de la faim et les terreurs de la potence, la
vengeance est permise, et les représailles ne sont qu'équité.

— Ainsi, dit Agnès, toutes les idées de religion, tous les respects dus à votre saint patron sont effacés de votre souvenir.

Bartolomeo découvrit sa poitrine, et sous la place même où reposait son poignard, il montra à la jeune femme une image de sainte Agnès qu'elle lui avait autrefois donnée, et le chapelet à grains de corail qui ne le quittait ni le jour ni la nuit.

La pauvre captive s'élança instinctivement vers ces objets sacrés, comme pour y poser ses lèvres et recommander le bandit à l'efficacité de leur influence. Bartolomeo la reçut dans ses bras, l'enleva à la terre, et malgré l'expression de sa féminine terreur et les efforts bien sincères de sa nouvelle défense, il la retint long-temps enlacée sur son cœur.

Vers midi, Agnès osa lui demander ce qu'il avait résolu de l'avenir d'Otto et du sien.

— Je ne veux que vous, dit le bandit. Il fallait vous reconquérir avant que la profanation fût accomplie ; mais si j'en avais été le maître, la liberté de cet homme n'eût pas été un moment compromise. J'ai des associés qui m'ont prêté leur secours ; il leur faut une part dans le résultat de l'entreprise. Mon lieutenant surtout, Fra Paolo, est jaloux et cupide ; il a déjà envoyé à l'intendant d'Otto, qu'il fait tenir étroitement enfermé, un ordre de compter mille écus d'or pour la rançon de son maître.

— Et moi, dit la pauvre Agnès, ne se servira-t-on pas du hasard qui me lie par la parenté au plus puissant seigneur de la chrétienté, pour exiger quelque exorbitant tribut ?

— Je ne le souffrirai pas, dit Bartolomeo. Bien que j'aie abandonné tout commandement à mon second, depuis que vous êtes ici, je ne veux tenir de vous que vous-même, n'avoir de toi que ta personne. Tu redeviendras demain la maîtresse de disposer de ton avenir.

— J'appartiens devant l'autel à l'époux qui m'a été donné, dit Agnès.

— Ne répétez jamais ces paroles si vous voulez que la vie de cet homme lui soit laissée ! Ne vois-tu pas que ta liberté ne peut jamais me coûter trop cher ?

En ce moment, le chef des voleurs fut rejoint par son lieutenant, lequel demandait à conférer avec lui.

— Capitaine, dit l'ex-capucin Fra Paolo, depuis que l'*Angelus* a été sonné à Frascati, on voit rôder quelques sbires autour de nos cantonnemens. Ils n'osent guère s'approcher, et j'ai vérifié que leur commandant est ce Cardini, vous savez, qui ferme assez volontiers les yeux sur nos résidences, quand on lui fait passer sa part du butin. De sbires à nous il n'y a que la main ; mais encore faudrait-il se mettre en mesure de faire passer une bourse un peu ronde à Cardini, car il sait bien que la recette sera bonne, puisque nous tenons en notre sérail la propre nièce du pape.

— Et comment le saurait-il ? demanda impérativement Bartolomeo.

— Peut-être par Sa Sainteté elle-même.

— Sa Sainteté l'ignore.

— Pardonnez-moi, capitaine, on le lui a fait savoir tantôt.

— Qui ?

— Moi.

— Sans mon ordre ? et pour quelle raison ?

— Je commande à votre place depuis dix-huit heures, si je sais bien compter ; et quant à la raison, vous me faites rire, capitaine : est-ce qu'il nous revient quelque chose, à nous, sur les beaux yeux de la pucelle amenée ici ? Chacun son genre de récompense, camarade. Un pape a peut-être le moyen de défrayer sa famille, lui qui délivre bien les prisonniers de Maroc. Nous ne sommes pas des mécréans, nous autres ; et les écus du saint siége sont moins compromis dans nos mains qu'en celles des infidèles. Ils viendront à propos : nous manquons de beaucoup de choses, et tout particulièrement de vin un peu potable.

— Misérable !

—Ne nous fâchons pas. J'ai dû vous faire mon rapport sur l'ambassade que j'ai dépêchée au saint père. Je ne doute pas de sa sollicitude pour l'epouse immaculée du seigneur Otto, et de l'éloquence de mes chiffres s'il se décide à faire honneur à la traite vraiment royale que j'ai tirée sur lui ; mais je le connais aussi pour un rusé et têtu vieillard, et je crains, de la part du vieux singe, ou la diplomatie ou la force ouverte. Tenons-nous sur nos gardes. J'ai déjà distribué toutes nos cartouches à l'intention de messieurs les sbires.

Bartolomeo sentit bien qu'il fallait se résigner à suivre les intentions de ses subordonnés. Il fit porter des vivres au mari d'Agnès, et plaça lui-même des sentinelles pour être averti de la première apparition des troupes, contre lesquelles il se résolut à combattre.

Le lendemain, au coucher du soleil, on n'avait encore rien vu apparaître à l'horizon, et la troupe de Bartolomeo se préparait à faire la prière avant de se coucher, le gosier un peu brûlant, quand la dernière védette, en se repliant, annonça nonchalamment qu'il descendait par le lit à sec du torrent de Budo, un vieux charretier en blouse, espèce de contrebandier sans doute, qui conduisait une barrique sur un traîneau.

— Ils sont trois, dit-il, un autre mendiant qui a l'air de suivre le charretier ou plutôt la barrique pour en humer quelques gouttes si elle se défonce, et un âne qui traîne la chose, avec la queue basse et entre les jambes.

— Il nous faut amener ça, dit le lieutenant Fra Paolo, qui avait fait au séminaire quelques études classiques ; c'est peut-être du vin *mareoticum*. Nous ne sommes pas loin des celliers d'Horace, et j'ai appris de lui à écrire au-dessous de toutes les phases du cadran solaire : « C'est à présent l'heure de boire (1). »

— Allez, Agnès, dit tout bas Bartolomeo à la plaintive jeune femme : retirez-vous ; enfermez-vous dans le seul asile que je puisse vous offrir. Je veillerai sur vous à toute heure. Tâchez, loin du tumulte et de la présence de ces vautours, de retrouver quelque paix et un peu de sommeil !

— Je n'ai d'appui que vous, dit Agnès en rougissant, ne m'abandonnez pas. Je ne dormirai point ; je prierai pour deux coupables.

On amena le charretier.

— Mes petits agneaux du bon Dieu, disait le caduque vieillard en se laissant porter plutôt que conduire par les bandits qui avaient intercepté lui et sa barrique ; ceci n'est pas digne de vos palais de connaisseurs. Ce n'est, voyez-vous, que de la piquette. Je menais ça à un métayer de l'autre côté de la montagne, et vous ferez plus tort à un pauvre voiturier comme moi en le retenant, lui et ce chétif colis, que de plaisir à vos excellences.

— Et pourquoi avoir, en effet, retenu ce vieux podagre dit Bartolomeo, et même son compagnon de route, qui semble mourir de peur dans sa peau jaune ? N'était-ce pas assez de les avoir débarrassés de leur lettre de voiture ?

— C'est juste, dit le charretier ; que ferez-vous de vos inutiles serviteurs. Voilà trois ânes qui ne vous demandent que la clé des champs.

— Viens-tu de Rome, pleurard ? demanda Fra Paolo.

— Oui, monseigneur.

— Eh bien ! tu dois savoir des nouvelles. N'y a-t-il pas le long des murs du Corso quelques affiches de police ? Sais-tu si le pape est informé que sa nièce, d'autres disent sa fille, a déjà convolé à d'autres noces ?

— Comment voulez-vous que je sache cela, moi ? J'ai seulement entendu dire que le serviteur des serviteurs de Dieu était bien triste, et

____

(1) *Nunc est bibendum.*

qu'il faisait réciter les prières de quarante heures ; mais je n'en sais pas la cause, mes maîtres.

— Je vais te l'apprendre, moi, dit un bandit ; c'est qu'on en veut à sa bourse pour le quart d'heure ; et il occupe toutes les églises à faire intercéder Dieu en faveur de ses écus.

— Ce n'est pas l'embarras, dit le vieillard, il est avare, le pape !

— Allons , confie ce que tu sais, insista Fra Paolo ; il ne te sera fait aucun mal.

— Vous me feriez plutôt un plaisir, si vous vouliez, dit en grimaçant un sourire le conducteur cassé et paraissant écrasé de fatigue.

— Et lequel !

— Eh parbleu ! soupira le sournois, puisque vous êtes résolu à vous emparer de mon pauvre vin, je veux dire du vin de messire Bernabo, passez-m'en une tasse. Ça redonne aux barbons un peu de force et de mémoire, qu'on dit.

— Tu prétends qu'il ne vaut rien !

— Peut-être. On me l'a signifié ainsi à moi ; mais les maîtres sont très menteurs : qui sait si ce n'était pas pour nous empêcher d'y toucher, mon compagnon et moi.

— Canaille ! dit un des voleurs ; tu as lu les fables de Phèdre, toi ; tu sais l'histoire du chien qui prend part au dîner de son maître , voyant qu'il ne le peut plus défendre.

— Je ne sais pas lire, moi, dit le bonhomme.

— Ton poignard, Léo, cria le lieutenant.

A cette parole, la frayeur de l'acolyte du charretier fit sourire toute la bande joyeuse.

— Mon poignard ne fait couler que du sang, dit le brigand calabrais. Prends le stylet de Rinaldi.

Le stylet enfonça la douve la plus basse de la barrique, et l'on vit s'élancer un serpent doré qui alla heurter les jambes des plus prochains convives, en répandant un parfum d'ambroisie dans toute la caverne.

— Sang du diable ! cria Fra Paolo, mais c'est du Montefiascone tout pur ! Je le reconnais , et du plus vieux , et du plus digne de la cave des conclavistes. Vieux coquin , tu nous trompais donc ? Qui t'a confié ce précieux dépôt ?

— Hélas ! le cardinal de Médicis , dit le charretier. On ne peut pas vous en faire accroire, à vous autres gens d'esprit ; et il l'envoyait à sa filleule, la princesse Antonina.

— Tu voulais nous voler, Dieu me pardonne !

— Et je vous en ai demandé le premier, moi-même.

— Va-t'en. Il n'est pas fait pour ton museau de renard ; il serait digne du réveillon d'une mariée.

— Mais vous n'avez point de femme ici, dit le conducteur, de la barrique.

— Qui t'a dit cela ? demanda Léo.

— Chut ! interrompit le capitaine. Buvez, mes amis, ajouta-t-il ; buvez en paix, mais ne laissons repartir ces deux hommes que demain, après le soleil. Il est inutile que leur bavardage ou leurs plaintes aillent porter quelque éveil autour de cette retraite.

On hissa le baril sur deux tréteaux, on alluma deux torches fumeuses de grossière résine, et l'on réunit autour de l'échafaudage tout ce qu'on put ramasser de verres, de pots, de casseroles et même de bottes vides autour des parois de la caverne.

En une heure toute la bande fut ivre, excepté toutefois le capitaine et les deux voyageurs. Il est vrai que ceux-ci on ne les avait laissés qu'un peu tard approcher de la curée. Et encore, l'un d'eux, celui qui ne semblait que la doublure et le Pylade de l'autre, avait peu profité da la générosité repue des bandits, tant il paraissait agité d'un tremblement à

courtes intermittences, et était absorbé par son attention à prêter l'oreille
au moindre bruit venant du dehors.

Bartolomeo se laissa entraîner à boire, malgré son habitude de tem-
pérance ; mais il avait besoin de s'endormir sur son sort, sur l'abandon
qu'il prévoyait déjà de la part d'Agnès. Car comment dérober long-
temps une telle captive aux recherches de sa puissante famille, et quels
dédommagemens pourrait-il avoir à lui offrir à elle-même pour le sacrifice constant de sa liberté, de sa considération dans le monde.

Le charretier, devenu jovial, remarquait la croissante mélancolie du
capitaine, et le capitaine commençait à remarquer l'insistance du vieillard
pour l'exciter à boire. Il faisait alors comme les honneurs de ses propres
dépouilles. Les expressions de son langage devenaient quelquefois pitto-
resques, choisies ; et plus d'une fois Bartolomeo crut surprendre des
regards d'intelligence entre les deux compagnons qui avaient été arrê-
tés en passant la montagne.

Enfin , le vieux et bachique conducteur du tonneau vint à demander
au bandit s'il n'avait pas quelque dame, une épouse légitime dans cette
demeure, et un éclair de soupçon traversa l'esprit du ravisseur d'Agnès.
Tout chancelant qu'il était, il se leva comme par une inspiration prophé-
tique, et posant sur ses lèvres un doigt qui recommandait impérieuse-
ment le silence, après avoir promené autour de lui un regard qui s'assu-
rait si tout était livré à la profonde distraction du sommeil, il dit en pro-
menant la main sur ses armes :

— Je vous reconnais, intrépide prêtre ! Voilà un miracle d'audace et
un dévoûment digne d'être paternel. Vous n'êtes pas un octogénaire dé-
bile, vous êtes un généreux fou, vous êtes un des puissans de cette terre.

— C'est peut-être vrai, répondit avec sérénité le faux charretier, malgré le cri étouffé de son compagnon qui venait de tomber évanoui de
terreur. Si j'étais votre souverain, si j'étais.....

— Oui, vous êtes le pape. Et quel pape ! reprit avec enthousiasme Bartolomeo ; celui qui fait trembler dans ces châteaux le plus puissant de
nos seigneurs italiens, Orsini ; celui sous la main de qui l'absolue reine
d'Angleterre Elisabeth sent chanceler son trône : Sixte-Quint.

— Dites plutôt l'oncle inquiet de la pauvre Agnès, répondit affectueu-
sement Félix Peretti : le parent résolu à tout tenter pour sa délivrance,
et qui vient traiter avec vous de sa rançon et de la sienne propre. Vous
avez deviné juste, mon fils. Point de bruit, point d'éclat devant vos compagnons. Je ne décline nullement la responsabilité de ma présence ici,
et les conséquences de votre capture ; mais il est de vos associés qui m'en
veulent. Il y en a dont j'ai fait pendre les frères et les ancêtres, ne me
dénoncez pas devant eux. Mettez un large prix à ma liberté et à celle de
ma nièce. Votre fortune et celle de votre troupe est faite. Mais je sais
bien que vous n'êtes pas un assassin, vous, jeune homme qui portez, je
le sais, dans votre cœur un sentiment tendre. L'amour et le crime ne lo-
gent pas de compagnie, et nous pouvons nous concerter ensemble. N'est-
ce pas, mon brave ?

— Si bien, balbutia le chef de voleurs que l'ivresse envahissait de plus
en plus, parce que le triomphe et les folles espérances fermentaient à la
fois dans sa tête plus énergiquement que le vin ; si bien que je me sens
déjà votre plus dévoué serviteur. Que ne pouvez-vous pas avec votre
anneau évangélique ? Vous avez le droit de lier et de délier sur cette
terre ; vous romprez le mariage d'Agnès avec ce spoliateur d'Otto, dont
le père a réduit le mien à la misère, n'est-ce pas ? Vous me marierez avec
votre nièce. Je jure dans vos mains de mériter les grâces, les pardons,
toutes les indulgences de l'Eglise apostolique et romaine ; et demain,
Saint-Père, vous sortirez d'ici sans rançon ni égratignure.

— Laissez-nous au moins le temps de réfléchir, dit le rusé président
du saint collége, et buvez au succès de vos édifiantes résolutions.

Le jeune homme n'osa pas refuser de faire honneur à la rasade que lui versa le saint vieillard en trinquant avec lui, et quant il eut tari son verre, le conquérant tomba sous la table.

— A présent, dit le pape, en faisant revenir le sous-diacre, qui l'avait accompagné, portez cette torche sur le rocher qui s'élève à gauche. C'est le signal pour faire approcher ma troupe.

Le sous-diacre sortit avec toute la promptitude que donne la peur.

Mais, ô mobilité des chances humaines, un brigand avec deux pistolets armés s'avança alors sur le pape. Qui était-ce? le lieutenant Fra Paolo, qui s'était caché pour tout observer, tout entendre et tout voir.

— Un moment, saint père, dit-il; vous avez su gagner Bartolomeo, il s'agit maintenant de compter avec moi.

III.

— Mettez ses habits les plus splendides, la longue soutane blanche en laine de Ségovie, la croix d'or et la ceinture de pourpre. Il choisira lui-même dans son écrin l'anneau du pêcheur qu'il veut faire baiser aux représentans du roi hérétique.

— Tout est préparé, monseigneur, dit au majordome le camérien en chef, dans la salle d'audience. Les tapisseries d'Orient sont placées : sous le dais magnifique, les douze encensoirs et les pages sont à leur poste, avec leurs éventails en plumes de paon. La tiare est sur un coussin de velours étincelant comme elle de mille pierreries; mais Sa Sainteté, monseigneur, où est-elle? Depuis avant-hier, aucun de ses serviteurs n'a pu lui parler ni la voir.

— Notre devoir ne s'étend pas à nous informer de ces choses, abbé; il suffit que nous fassions honneur au saint pontife et aussi au roi de France, qui n'a rien négligé pour se concilier ici les bonnes grâces du sacré collége. M. le duc de Nevers est un seigneur magnifique, ajouta Son Eminence, en caressant de l'œil un diamant de grand prix qu'il portait à l'index de la main gauche; et plus sa réception à Rome a été difficile, plus il a redoublé de bonnes manières. — Qu'avez-vous donc, abbé?

— Je crois entendre quelqu'un venir par cet escalier dérobé.

Une porte que masquait un tableau de Raphael tourna, en effet, en ce moment sur ses gonds; et, dans le costume assez délabré d'un voyageur, un homme entra, qui jeta sur le premier fauteuil venu un manteau angeux.

—Sortez, dit Sixte-Quint. Qu'on congédie la garde pontificale, que tous les cierges soient éteints, et que les deux Français à qui j'avais accordé une audience secrète soient amenés ici par les jardins et sur l'heure.

— Ah ! saint père, s'écria le sous-diacre, qui se traînait à sa suite, ai-je pu vous abandonner dans un semblable moment !

— Tu exécutais mes ordres, mon pauvre Egidius. Tu portais sur le rocher la torche qui devait faire avancer nos sbires. Je n'ai que des actions de grâce à te rendre. Tout s'est exécuté selon mes vœux, et nous ramenons la bande, à peu près entière, dûment liée et garrottée sur trois charrettes. Elle doit entrer à cette heure dans les souterrains du château Saint-Ange.

— Mais cette double détonation que j'ai entendue quand les gardes ont pénétré jusqu'à vous dans la caverne?

— Eh bien ! c'étaient les pistolets du capucin Fra Paolo. J'ai essuyé le feu du bandit, mais le seigneur est grand et plein de miséricorde; les balles n'ont déchiré que ma blouse de charretier. L'apostat est tombé sous les sabres de nos gens, et, moi, me voilà prêt à écouter les soumissions du Béarnais Henri IV, qui demande à se réconcilier avec l'Église. Laisse-nous; voilà déjà M. de Nevers et son acolyte officiel.

— Vous êtes bien beau, monsieur le duc! dit l'affable vieillard en s'avançant jusqu'à l'ambassadeur, dont les habits étaient de drap d'or. Vous vous attendiez sans doute à une réception pontificale. Je ne puis vous accorder cette faveur. Ce n'est pas même l'envoyé du huguenot qui n'a point abjuré encore que je reçois ici, mais bien le prince d'Italie. Vous ne resterez que deux jours à Rome, n'y recevrez aucune visite et n'en rendrez point aux cardinaux. Mais j'estime votre maître; dites-lui que je ne soutiendrai jamais Mayenne; que je hais les Espagnols plus que les protestans, que je ne donnerai point d'argent pour lui nuire; mais je l'engage à ne plus différer le grand acte qu'il prépare.

— Le roi m'a envoyé savoir près de Votre Sainteté, dit le duc, si elle aurait la mansuétude de le recevoir dans le giron de la sainte Église.

— Je l'y recevrai. Le giron des pères est toujours prêt à laisser asseoir les enfans; seulement qu'il se dépêche. Je ne puis traiter avec lui que l'abjuration ne soit publique, que l'amende honorable n'ait été faite devant le portique de Notre-Dame de Paris; mais assurez-le que je serai moins difficile qu'un autre. Qu'il ne laisse point mourir Sixte-Quint pendant son impénitence. Je suis déjà bien vieux, et mon successeur lui proposera des conditions humiliantes; par exemple, la bastonnade par procuration.

Le duc de Nevers releva fièrement la tête.

— Encore une fois, j'aime le bon vivant, le franc Gascon : Paris vaut qu'on l'achète. La messe qu'il entendra est méritoire et de très bonne politique. Adieu. Repartez demain; moi, j'ai d'autres soins à prendre aujourd'hui.

— Le roi mon maître, ajouta le duc en se retirant, a coutume de dire de Votre Sainteté : C'est un grand pape! Je veux me convertir, quand ce ne serait que pour être commandé par un tel chef.

— Dieu le maintienne dans ces dispositions! ce sera avoir sapé la ligue dans ses fondemens.

Le pape, resté seul, s'assit devant un modeste déjeûner dont il commençait à avoir grand besoin; sa nièce vint prendre place timidement à ses côtés.

Pourquoi pleures-tu, enfant, dit-il avec tendresse. Nous avons triomphé de tous les périls : te voilà rendue à la liberté, la fortune te sourit, et le bonheur t'attend. Où est Otto ?

— Je ne sais pas, dit Agnès; il me fuit depuis que nous avons été réunis au sortir de la funeste caverne.

— Je crois qu'il a eu grand'peur, dit le pape, et qu'il nous boude tous un peu à cause de la nuit désagréable qu'il a passée; mais il en a été quitte pour la peur.

Agnetta pâlit.

— Sers-toi donc d'une de ces grives et prends un peu de brocoli strachinati, dit le pape, ma chère petite.

La nièce s'efforça de sourire et avança la main comme pour se soumettre à l'invitation; mais au milieu de l'action même, elle oublia ce qu'elle voulait faire, et cette main retomba sur ses genoux.

— Et qu'est-ce que la justice du tribunal, mon oncle; qu'est-ce que votre volonté, saint père, réserve aux infortunés qui ont été pris les armes à la main ?

— Oh! moi, dit le pape, je serai très magnanime. Il suffit qu'ils aient menacé ma vie et que j'aie eu la satisfaction de réussir où les sbires auraient échoué, je commuerai leur peine s'ils sont envoyés à la hart, et je les relèguerai tous à Civitta-Vecchia pour faire manœuvrer nos galères. Je n'ai d'inquiétude que pour leur chef : il faut un exemple, mon enfant !

Agnès s'évanouit, et son époux entra au même moment.

Pendant que le fermier s'approchait du pape sans voir ou vouloir remarquer que la timide jeune femme était confiée aux soins du vieil

Egidius, lequel soutenait ses pas et la guidait dans la chambre voisine, pendant que son oncle la suivait d'un œil attendri, il cria d'une voix de fausset tout éraillée par la colère :

— Je viens prévenir Sa Sainteté qu'il y a un grand concours de peuple sur la place de Saint-Pierre, et qu'on demande sans délai, sans rémission, sans confession, le supplice du chef des voleurs.

— Sans confession ! dit le prince de l'Eglise, les dignes chrétiens que voilà ! Eh bien ! s'ils sont sur la place de Saint-Pierre, ces Romains dignes de Caton, qu'ils en profitent pour admirer les jets d'eau qu'y a su faire bondir l'architecte Fontana. Toutes les richesses des sources de Trévi ne suffiraient pas à laver leur souillures, à eux, ces innocens qui demandent la mort de leur frère en Jésus-Christ.

— Le bandit n'est pas de notre communion, dit l'époux exaspéré.

— Est-il juif comme le fut ton père dans sa conduite avec son père exproprié ?

— Est-ce que vous allez soutenir, saint père, celui qui a fait prisonnière toute votre famille ?

— Est-ce que tu vas offenser, toi, celui qui a opéré ta délivrance ?

— Vous ne savez donc point, vous ne soupçonnez donc pas tout ce que vous et moi avons de griefs contre ce drôle ? quelle vengeance personnelle il nous faut exercer sans délai contre ce damné ? Il y va de notre honneur à tous deux de l'envoyer sans intermédiaire à l'enfer.

— Pourquoi ?

— Parce qu'il a gardé à sa disposition tout exclusive votre nièce pendant trente-deux heures d'horloge, entendez-vous bien ?

— Son mari n'était-il pas là ?

— Au fond d'une grotte fermée, en compagnie des chauve-souris et des couleuvres.

— Mais t'en a-t-il coûté un cheveu de la tête ?

— Je crois qu'il m'en a coûté davantage.

— Vision !

— Mon très cher oncle, il l'aimait !

— Raison de plus pour qu'il la respectât, mon très cher neveu.

— Un brigand !

— Mais Agnès est une sainte.

— Elle avait les mains liées.

— Je ne crois pas. Mais j'atteste que sa volonté n'a jamais été complice d'aucun attentat.

— On ne dit pas dans Rome qu'il ait violé sa volonté.

— Que dit-on donc ?

— Je ne veux pas le savoir ! Je dis moi que si Bartolomeo ne paraît pas d'ici à une heure à la potence, je ne réponds plus, d'abord d'une émeute qui menacera votre propre vie, et que je me déclare à jamais devant les tribunaux, étranger à l'épouse que vous m'avez donnée...

— Et que je voulais retenir sous mon toit pendant la nuit qui t'inspire aujourd'hui des suspicions si hérétiques. Qui me donnait, à moi, la sollicitude que tu as méprisée ? l'influence de Dieu, mon commerce catholique avec Marie sa mère. Je sais par elle tout ce qui s'est accompli, et tout ce qui s'accomplira. Si Agnès avait fait des fautes, n'ai-je pas le pouvoir de les lui remettre ? Je puis la porter aussi pure en tes mains que l'enfant qui vient de naître. Mais je déclare que je n'ai nul besoin, ici, du privilége que je tiens du chef des apôtres et de celui dont je suis le vicaire. Agnès est vierge.

— A d'autres !

— Celui qui te le dit n'est-il pas infaillible ?

— Je consentirai à vous croire, quand le bandit sera huché à la hauteur de l'obélisque.

— Veux-tu tâter de l'inquisition, misérable ?

— Je veux voir dresser la potence.

— Et il sortit.

— Allez, dit une demi-heure après Sixte-Quint au secrétaire de ses commandemens, et sur quelques réflexions dont il avait rapidement mûri la sagesse ; assemblez une commission spéciale et que le sort des prisonniers que j'ai moi-même amenés ce matin soit décidé dans les vingt-quatre heures.

Personne ne doutait dans Rome de l'issue de cette épreuve judiciaire, et dès qu'on fut averti que les cinq commissaires étaient assemblés et délibéraient, Agnès retrouva la force de revenir se jeter aux pieds du souverain pontife.

— Oh ! sauvez-le, sauvez-le par pitié pour moi, mon pauvre oncle, dit-elle en couvrant les pieds du vieillard de ses cheveux noirs que n'avait pu retenir une longue flèche d'or à la frascatane.

— Est-ce seulement sa vie que tu me demandes ?

— C'est aussi la mienne. S'il périt cette nuit aux flambeaux, demain vous n'aurez plus de nièce.

— Tu l'aimes donc bien !

— Je crois que je ne l'aime plus ; car il a préféré cette vie à l'autre, et nous a séparés pour l'éternité peut-être. Mais votre Agnès, il l'a délivrée des flots dans son passage sur cette terre. Si vous la tenez dans vos bras, si vous êtes maître d'essuyer ses larmes, c'est à cet homme que vous le devez. Rendez-lui un bienfait pour un bienfait, une existence pour une existence. Acquittez-vous envers lui, vous qui êtes si puissant, vous qui êtes l'image du Sauveur, vous qui m'inspirez autant de confiance qu'on en a dans un père.

— Ecoute, dit le pape, ton mari est le plus grand obstacle au salut de Bartolomeo : il demande son supplice avec plus d'instance que tous les désœuvrés ensemble, qui ont soif d'un pareil spectacle, et je te préviens qu'il fonde son ressentiment féroce sur la passion qu'il suppose au bandit pour toi, et une injure qu'il en aurait reçue quand tu étais sa captive et pouvais devenir sa victime. Règle ta conduite sur cette connaissance des dispositions de son esprit ; fléchis-le ou détrompe-le sur une telle croyance. Non seulement les jours de l'accusé sont dans les mains d'Otto, mais ton avenir à toi-même dépend du succès que tu obtiendras sur lui. Va, mon enfant.

Agnès reçut la bénédiction pontificale et se rendit seule auprès de son époux. On ne sait point quels argumens elle employa pour le vaincre, de quelle magie usa sa puissance féminine. A peine acquit-on la certitude, plus tard, qu'elle avait fait en ses mains l'abandon entier de la fortune qu'elle tenait de son oncle ; mais le fermier fut désarmé de tout point. Sa confiance renaquit, son amour revint plus empressé, plus impatient que jamais, et si l'on remit l'accomplissement de ses vœux, par une délicatesse qui le toucha tout en le contrariant, après la mise en liberté du captif, c'était, à ce qu'il crut, pour que son crédit fût employé immédiatement à briser les fers du bandit.

En effet, il se rendit devant Sixte-Quint, et se montra solliciteur plus empressé à obtenir une grâce, qu'il ne l'avait été à faire rendre un arrêt capital.

Bartolomeo fut déclaré coupable par les juges, mais le pape, usant de son droit sacré de faire grâce, fit comprendre à ses conseillers intimes que là ne devait pas s'arrêter sa politique. Oter un chef à une bande dangereuse, c'était anéantir son existence et couper un mal dans sa racine. Il voulut bien plus : il voulut tourner contre les futurs malfaiteurs l'habileté d'un capitaine dont il avait, depuis plusieurs années, apprécié les ressources stratégiques, l'habileté, la rare audace. En conséquence, il réhabilita Bartolomeo, le nomma colonel de ses gardes, et lui fit avancer quelques années des émolumens de sa place, pour lui aider à rache-

ter des mains d'Otto la petite ferme paternelle dont la perte l'avait mené
à mal faire et jeter en dehors de la société.

Ces deux hommes, l'époux et l'amant, ouvrirent en même temps
leurs âmes à l'espérance. Pour tous deux l'avenir se colora de rose, et le
séjour de Rome leur parut le paradis anticipé.

Erreur! quand Otto, pour reprendre Agnès et la réintégrer dans tous
les priviléges et honneurs de la plus digne épouse, se présenta au Vatican, elle n'y était plus.

— Mon fils, lui dit Sixte-Quint, j'ai reçu moi-même la confession
absolue et inviolable d'Agnès Peretti, notre nièce bien-aimée. J'ai accueilli
sa supplique, jugé sa requête, et, usant du droit que j'ai de lier et de
délier sur cette terre pour rendre nul le mariage qui vous unissait, je
lui ai permis d'entrer en religion. Les grilles du couvent de Sainte-
Claire se sont fermées sur elle pour le court espace de cette vie.

H. DE LATOUCHE.

FIN.

TABLE DES MATIÈRES.

BIBLIOTHEQUE ROYALE

www.ingramcontent.com/pod-product-compliance
Lightning Source LLC
LaVergne TN
LVHW021602170726
843501LV00010B/3842

9 782329 407418